青垣叢書第二三九篇

歌集

# をだまきの花

三好けい子

現代短歌社

著者と自宅の庭

# 序

本著は三好けい子先生の『石手川』、『続石手川』に続く第三歌集である。先生の七十年を越える歌歴からするともっと多く歌集を出されてもよかったのにとも思われるが、先生はこの間、御自身のことよりも後進の指導に心血を注がれていたのである。先生は長年私達「青垣」の選者を務められているほか、読売新聞愛媛版選者、愛媛歌人クラブ松山歌人会会長に推され、短歌の興隆に大きく貢献されている。先生の恩恵を被った人は数知れず、とりわけ四国の青垣会員にとっては、先生は作歌者としての自らの拠り所、或いは支柱といってもよいくらいの、掛け替えのない存在であることは言を俟たないであろう。

さて、本集は平成十一年以降の作品約九百首の中から大凡三百首を選んだものである。年齢でいうと八十歳から九十五歳までに当たる。その作品の特色はまず、先生の郷土松山の風光を詠んだ作に認められる。

なみなみと河口を満たす秋汐の引くとしもなし中州沈めて
くれなゐに耀る石鎚の雪が見ゆはるか野の果て山並の果て

とどこほる雲一つなく暮るる空むらさき滲む石鎚の雪

赤く赤く冬日一筋に照りながら河口のたたへいまだ動かず

夕つ日は河口の葦の間に照りてひととき放つ赤きひかりを

昨日も今日も雨降りしきる灘遠くゆく潮目あり青に紛れず

六首を挙げたが、どの作も素材の切り取り方、把握の適確さに瞠目させられる。静謐にして美しいことこの上ない光景が、読者の眼前にもはっきり見えて来るであろう。先生の師は周知の通り、私と同じく橋本徳壽先生である。先生の教えの根幹である「感動の具体的表現」をひたむきに実践した結果、こうした優れた自然詠を生むに至ったのである。橋本先生の心根傾けた指導の一つの達成をここに認めることが出来よう。

前述したように先生は後進の指導に全精力を注がれ、八十歳を越えてからも、各地で開催される歌会に月に何度も足を運び、指導に当たられていた。転機は九十一歳の秋であった。転倒骨折し、入院の後三ヶ月間リハビリに励まれたのだが、思うように快復せず、以来車椅子に頼る生活を余儀なくされることとなった。しかし先生はそれでも後進の指導の手を緩めず、介護タクシーに運ばれながら、伊予市、松前町、松山東雲会の指導を続けられたのである。このように老病をものともせず真摯に生きようという姿勢は、人生の範足りうるものであろう。が、先生の作品はこうした人間としての強さが強調される歌は少なく、むしろ弱さも併せ持つ一人の人間の生の姿を、虚飾を交えず詠んだ歌が多い。私はこうした歌にとりわけ惹かれる。

ふはふはと月光にあそぶつはの絮見えて老残のこの身眠れず
おぼろなる万朶の花のなほおぼろ風の濁りに紛れむとする
暁を覚えぬほどの春眠がたしかにわれにありて過ぎにし
首筋の汗のつめたき目覚めにてはや鳥が啼くあかときの闇を
黄砂とばぬ終日の雨に昼を寝む小さくなりしこの身まるめて
らふ梅の香りに覚むるも吾ひとり眠るもひとり小正月過ぐ

逝く夏と秋の訪れ交じる風に白髪梳かし淋しむ吾は

老いの孤独と寂しさの自覚から吐息のように紡ぎ出されたこれら七首は、その端正な調べと相俟って静かにそうして深く人の心に沁みてくる。

しかし本集の際立った特色は、先立っていった愛娘の勝子さんや夫への哀惜の念を詠んだ作品の多さである。

わが編みし毛糸の服のいとけなき泣虫汝は挙手の礼しぬ

亡きものを亦恋ふるなり娘が植ゑし鷺草のさぎ羽ふるふ日は

澱の如き哀しみふかく沈めむに何故か幼し夢にくる娘は

あかときの眠りに今生の別れ告げしわが父よわれは告げむ娘のなく

この寒さ凌げば六度目の花見むとかたみに信じかたみに言ひし

わが夫も背の娘もゐる夢覚めて春告鳥のうつつ啼く声

娘と同じ青磁の壺の夫並び今ぞ離るる彼岸此岸に

九十七年は瞬く間ぞと言ひし夫娘はその半ばにて命滅びぬ

　はるか黄泉の夫娘らに告げて何せむに鉦一つ鳴らす皺むこの掌に

人にとって肉親との死別ほど悲しいものはない。まして逆縁の悲しみと苦しみはいかばかりか、私には想像すら出来ない。ここに挙げた歌群はうち拉がれてしまう寸前のところから発せられた嘆きの表白だ。しかしあくまでも写実に立脚して詠まれているが故にこそ、一首一首が人の心を深く揺さぶる力がある。これこそ写実短歌の真骨頂と言って良いのではあるまいか。

　死者への哀惜を詠うことは、古代の挽歌がそうであるように、死者の魂を鎮める営為である。私は先生がある時は鷺草の咲く庭を眺めて、またある時は暁の夢から覚めて詠まれた歌の数々にこもる真情は、必ずや黄泉路にいます肉親や多くの歌友に届き、その魂を和ませ鎮めたものと信じたい。

　終わりに次の歌を挙げる。

　　灌水の松三本のしたたりにわが髪ぬれて命伸ぶるか

　厳しかりしこの冬越えてある命生かされて生きむ榴花咲く

この二首からは、生かされて生きていることに感謝をしつつ、なお明るく生きていこうという生への意志の姿勢が明確に示されている。先生は九十六年をひたむきに生き、このような澄明な境地に到り着いたのである。
先生の益々の御健勝と御健詠を心より祈念申し上げつつ擱筆する。

平成二十六年四月

加茂信昭

# 目　次

# をだまきの花

## 平成十一年

### 残照

海猫の啼く声跡絶え残照は中州をはさむ流れてらしぬ

汐満ちて未だ動かぬ梢川芥片よる岸に光りて

男島女島傾けながらさかのぼる冬のうしほは轟きの中

宇和の空をとび交ふ雀たちまちに礫の如く冬の田に落つ

海昏く雨降りながら紛れなき潮目は向かふ宇和の岬に

浮桟橋に春潮よする島の朝一夜さの歌会に早別れゆく

## 墓の文字

夫の名もわが名も朱き墓の文字ひとひらのくも去りててらしぬ

任されてわが足はこび成りし墓夫は手に撫づ三好家の文字

次男なれば住む土地も墓地もなきわれら婚六十年に墓成りて立つ

陶のまなこ

脚高く土の汚れに立ちながら遠く見る如し陶のまなこは

首伸べて啄むさまに背焼かれ土に届かぬ嘴を光らす

春嵐吹き荒れてその身傾けり傾くままに鷺は啄む

秋汐

寄る汐の河口の風に向き変へし秋あかね早も散り散りとなる

底ごもり伊予灘を押す秋汐の藍ふかまりぬ雨の河口に

なみなみと河口を満たす秋汐の引くとしもなし中州沈めて

雨過ぎし河口にはいまだ差す日なく透り啼くなり海猫の声

音たかく河口にうねる夏至の波何ごともなく灘は暮るるか

平成十二年

武蔵野の凩

境ふ山一つだになき武蔵野に娘《こ》と見たり空限る雪の富士ケ嶺

夕焼けにたまゆらなれど雪の耀る遠き駿河の富士が娘が顕つ

裾ひるがへし荒川の芒分け入りし娘も富士も遠し幻のなか

はるかなる薄雲の如き富士見よと荒川の土手娘は駆けぬけし

むさし野の凩八階に鳴る日なり娘の息絶えし日の没りがたを

思ひ直し思ひ直して生きてきぬ彼の日より甲斐なき者の如くに

## 石鎚の雪

茜して雪の凝しき遠き山石鎚が見ゆ伊予の果たてに

逆光にいま耀る雪のかがやきもたちまちにして石鎚昏し

くれなゐに耀る石鎚の雪が見ゆはるか野の果て山並の果て

大寒の空にしんしんと屹つ山か石鎚の峯なべてしろがね

とどこほる雲一つなく暮るる空むらさき滲む石鎚の雪

## 毛糸の服

身も心も老いて遭ふ死は酷かりき逆縁に又弟の死に

夜泣きする汝をねんねこに背負ひたるぬくもり言ひて夫と又泣く

わが編みし毛糸の服のいとけなき泣虫汝は挙手の礼しぬ

娘のひひな

押入れふかく日の目見るなき娘のひひな春いくたびか花も過ぎにき

押入れの昏きに白き面てりて眠るひひなか紙に巻かれて

うつしゑに辿るほかなき六十年明日征く人とひひな飾りし

明日は征く夫が坐らせ撮りにけるひひなの前の娘は眠りをり

下駄売りて引揚の飢しのぎたり手にのする程のひひな飾りて

梢川

芽吹きのまへの土手ほのぼのと靄こめて榎も椋も幹しめり立つ

ハヤブサは河口の風に逆らひてわが視野閉ざす翼ひろげぬ

うかべたる桜はなびらそのままに梢川おもむろに動きそめたり

苔の起伏

苔の上に庭木の影は寂かなり未だ芽吹きなき枝を交はして

逆光に苔の起伏が現れてふくらみ光る中程があり

春寒き光のままにてらされて苔の上の影芽吹き乏しき

夕ひかりいまだ残りて盛り上がる苔に咲く花紫にてる

夏汐

穂に出でし麦の光のかぎりなし折ふしの風音もなく過ぐ

平らかに河口の幅を満たしつつ夏汐となりて紛れ入りたり

ゆく春の光あまねき庭の苔うねりのはざま咲く花がみゆ

穂の先まで栗の花白じら咲きたれて泡だつ如し峡のなだりは

夏汐となりたる灘にそそぎ入りぬ梅雨の濁りをながくとどめて

過ぎてはたのし

紫式部むらさき深く潜ませて枝撓ふまで小粒ひしめく

苦しみも過ぎてはたのし下駄みがく傍らに娘も居て積みてあそびし

娘の寝ねし布団の位置にふた夜寝ねふた夜かなしむ武のくにの風

花あしびこまかく固き実を綴るまだ垂るるなき程の重さに

## 平成十三年

### 野の果たて

幾百の雀一樹にさわぐ声まだ色付かぬ銀杏ふるはす

荒川の流れをけふは一人見る娘の骨をなかに夫とわたりし

来む十三回忌約し別るる武のくにか八十八歳のいのち忘れて

墓のまへに婿植ゑくれしラベンダー花紫に咲く日娘よ見よ

野の果たてはるかなる山は秩父嶺か夕茜してなほ遠く立つ

ゆたかなる流れは動くとも見えず冬の荒川平らかにゆく

浅き眠り

冬汐のとどろく島と島つなぐかけ替へしばかりのしめ縄さわぐ

何を捨て何に賭けむとする老か浅き眠りをつなぐわが夜夜

一人となる目覚めを恐れつつ生きて昼ちかく起きぬ夫を唯待つ

残る一人の孤独にふるることもなく湯にほとびたる夫の爪きる

はや暮れてゆくのかと言ひて戸をさせば耳遠き夫がおうと答へぬ

残照は消えなむとしてなほ遠くゆく雲の縁をわづか彩る

午後の日に一斉に開く木蓮が乳色に耀るつのる黄砂に

遊女らの墓

まろき川石一つおかれて墓となる遊女名もなし向き向きに立つ

色町の明り届かぬ山ひくくこぞる芽吹きに遊女らの墓

石まろく半ば朽葉にかくされぬ膝つきて見るトメ十五歳

名ある遊女名もなき遊女包むごとゆるる木洩日墓石の上

子規詠みし松ケ枝町の廓跡破れ障子にいちやう葉の舞ふ

夫の白かみ

まどろみの果てにゆきつく死がありて面平らなり鍵あけて知る

親よりも子よりも永き六十年骨あらはなり流す夫の背

寂しさは言ふべくもなしまどろみの昏みに娘がきて言葉なく去る

六十年の苦楽を語ることもなく綿の如くかろき白かみを切る

捉へがたき夫の白かみ手にはさみ切ればこぼるる塵の如しも

病む夫

臥す居間の戸を少し開け夫が見む七夕の笹ひくく飾りぬ

門灯の下に華やぐヤマボウシ定めの如く咲きて夫病む

月のひかりふた分けにする夜のうしほ黒き島ひとつ挟みよりくる

霧雨にぬるる髪よりしたたれりごみ袋ふた別けによろめきゆくに

栗御飯の栗もり上げて娘に供ふ詮なき言葉病む夫が聞く

ひそやかに夜の雨ふるに中天の月青く澄みてわれを寝かさず

亡きものを亦恋ふるなり娘が植ゑし鷺草のさぎ羽ふるふ日は

平成十四年

同行二人

天保十年峠を越えて草なかに足延べていのち絶えしへんろか

戒名も名もなきへんろ同行二人の杖たてて峠に石となりたり

人にしてさまざまな死があるものと古りしへんろの三文字かなしむ

## 牛窓の湾

遠くきて汐差す湾を見てゐたり人麻呂の代のままか寄る波

日の差せるひとところ波の光りつつ牛窓の湾うしほ入りくる

現れし礁のめぐり音絶えて牛窓に夕べの光さだまる

夏となる光のなかをゆく雲の一つ崩れず吉備の海の上

春長けし光はふかく差し入りて吉備の宿りの壁をてらしぬ

蒼きながれ

溝川は澄みつつふかみゆく秋か蒼きながれとなりてせせらぐ

暮れむとして狭く流るる田の川の水がひとときの輝きを持つ

赤く赤く冬日一筋に照りながら河口のたたへいまだ動かず

夢にくる娘

ふはふはと月光にあそぶつはの絮見えて老残のこの身眠れず

澱の如き哀しみふかく沈めむに何故か幼し夢にくる娘は

きけばきこゆる木の芽花の芽ぬらす雨眠りに入らむ心乱しぬ

常よりも早き黄砂も咲く花も心慰まずわが日日の過ぐ

持田町三十年

病む夫が座ることなき机にも巡る三年か秋日差し入る

にじりきて縁側に指図する夫が電線にからむ蔦切れと言ふ

いつまで保つこの平穏かわがうたふゴンドラの唄夫も歌ひぬ

暗き道曲がれば栗の花匂ふこの路地の三十年苦のみかへるか

終の七夕とも知らず願ひを賭けし娘よ七たび祀り七たびを泣く

一糸乱れぬ蟻の葬列影もなし真日てる下を音もなくゆく

何処に向かひ何を定めとゆく蟻か沈黙の隊列わが影を越ゆ

平成十五年

楼蘭のをとめ

三千年の眠り覚めしや楼蘭のをとめの睫黒黒と反る

人も代も滅びの果ての三千年木乃伊は何を語らむとする

へだたりし三千年の代を見よと貝殻一つ足元に立つ

## 雪の茜

素枯れたる風知草の穂の上にてらされて薄しあきつの羽は

冬の日のあまねき光一筋にゆく田の川か映すものなく

ゆく年の茜まともにとどまりて雪の石鎚くれなゐに耀る

くれなゐに移らむとしてまだ残る光のままに山は暮れたり

眠らむと閉づる眼に石鎚の雪の茜がいつまでも顕つ

## うつしゑ

老老介護の身を労れと夫が言ふ病みて四たびの冬を痩せつつ

縮緬の被布の小さき吾の手が母の手しかと握るうつしゑ

亡き母のよはひ越えたる日にちに苦があれば思ふわが母の苦を

たなごころに載せて冷たき花あしびびつしりと咲く音の擦れ合ふ

夫もわれもつとめて触れぬ還暦を亡き娘の友がこともなく言ふ

## 雪洞の灯

春潮の荒ぶる岬に房たるる山桃はくれなゐの花をふるはす

小止みなき弥生の雨に嵩増しし暗渠ゆたけき音に打ち合ふ

夕つ日は河口の葦の間に照りてひとときを放つ赤きひかりを

寄る汐に桜はなびら光りつつ梢川のぼる帯の如くに

黄泉の人もこの世の人も紛れむか花浮きたたす雪洞の灯に

光りつつ広き中州に岐れむとなほ光増す夕満汐は

湛へつつ湛へつつつふくらみ光る汐河口は永き夕凪のなか

野の川

たなごころに載せてやさしき栗の毬燦燦とはじく青き光を

ふかぶかと熟れ麦を闇に沈めたる野の川遠く白じらとゆく

地層あらはに夏日がてらす岬山はいまか寄せくる夕汐を待つ

伸びしばかりの芒穂夕の川風にやや重たげにさわぎ始めぬ

## 平成十六年

### 蒼き起伏

逝きて十年哀しみ見よと娘の帽子麦わらもリボンもかく色褪せて

かたはらに寝てゐるだけの夫恃む山越えて雷鳴迫りくる夜は

母逝きし彼の秋も瑞瑞と苔ありき蒼き起伏に涙ながれぬ

病みもせず米寿に逝きしたらちねか苔ぬらす雨にぬぎし喪の服

二十年は忽ちなりき母の知らぬ逆縁に耐へてわが夫看取る

蒼蒼と苔うねる上に影ありき団栗一つ傾ぎたるまま

雨多き秋かなしむに今日晴れてふくらむ苔か光湛へぬ

老老介護

老いてなほ呪縛解けざるわれらかと看護さるる身する身嘆きぬ

九十五年この世の禍福さまざまにありて続くに人ら羨しむ

寝込みしは九十の春なり今年限りと嘆き五たびの花を見る夫

平穏にあり経し六十五年と思はねど老老介護を科として生く

如月の昼の空にごし降る黄砂ビルは砂上の楼のごと立つ

常よりも早き黄砂に昏む街ただよふ吾か影滲みゆく

井戸の底よりもの言ふ如き声といふわが知らぬ世界にさまよふ夫か

春くれば杖にすがりて外に出むと又言ふ五たびの花も過ぎむに

松の梢に春告鳥のきて啼くに耳しひて今年の夫にきこえず

わが流す涙の跡は知らぬ夫わが眠るとき夫も流すや

暁を覚えぬほどの春眠がたしかにわれにありて過ぎにし

八十五歳の半ばは早も過ぎしかど夏落葉掃く南風巡る日を

きけばきこゆる湖に寄る波返す波かそかなれどもねむの樹下に

吊れぬますだれを吊らぬ幾夏すぎて病む夫もわれも共に衰ふ

羽一枚となりて漂ふ空蟬か秋来むとする風と光に

平成十七年

告げむ娘のなく

彼岸よりよびかくる声か娘に叩く鉦はかく澄む秋のふかみを

刻の流れかく早かりし夜のすぎて兆す眠りのはざま漂ふ

あかときの眠りに今生の別れ告げしわが父よわれは告げむ娘のなく

夢に来しその夏の夕べ父逝きぬ還らぬ一人の子の名よびつつ

仕合せと言はば言ふべし病む夫が居りて五たびの屠蘇そそぐわれ

衰へに向かふは夫のみならずわが一人恐るわが衰へは

首筋の汗のつめたき目覚めにてはや鳥が啼くあかときの闇を

水やりのなかりし夏過ぎ秋過ぎてわが心癒すか冬の苔庭

花馬酔木

巡りゆく人の背は皆さびしげにはらはらぐ花の風に巻かれぬ

花馬酔木くれなゐ淡く明かる庭われには辛し春はくるとも

魂あらば娘よ帰り見よ汝が植ゑし花あしび綴る百の花房

この家の苦楽と共に根を張りし花あしび盛る枝を撓めて

あしたあしたの木槿一りん古備前の瓶に似合ふを夫がよろこぶ

人も代も移ろふ早き四世代知るはホルトか小さき祠か

## 平成十八年

### 曼珠沙華

砂時計の砂さらさらと落つる音日も月も去るさらさらさらと去る

黒髪にゆるるをとめのかんざしか花びらも蕊も形ととのふ

老老二人の心癒すか曼珠沙華清らに白き蕊反らし咲く

今日のノルマ今日に果たしし健気さを褒むるも独りわが眠り待つ

夫逝く

六十五年妻や子のため励みしかいくたび洗ふ皺むしむら

十五日の入院にまさか死ぬなどと夢思はざりきまだぬくき夫

この寒さ凌げば六度目の花見むとかたみに信じかたみに言ひし

忌明け近く淡き黄の花咲かせたる夫待ちし春の櫁一りん

春待たず逝きにし夫か足伸べて去年見し梅咲き馬酔木つづるに

雨多き如月ぬくく常よりも早き芽吹きを厭ひ戸を鎖す

わが夫も背の娘もゐる夢覚めて春告鳥のうつつ啼く声

風の濁り

おぼろなる万朶の花のなほおぼろ風の濁りに紛れむとする

日輪は月の如しも黄砂ふりてたそがれ迫るビルのあはひに

土手の桜なだれて狭き石手川鈍色の空映し流るる

粛しゆくと蟻の隊列の如くにも人ら黄砂の十字路をゆく

こまかなる檀若葉かよく見ればなほこまやかな青実ひそます

花ちるも若葉被ふもたちまちに死者に生者につゆ降りしきる

朝の目覚めが尤も寂し何故若き夢なる夫かその夢を追ふ

娘と同じ青磁の壺の夫並び今ぞ離るる彼岸此岸に

魂帰り来よ

この代のひかり独り浴みゐる如くにもあしたあしたの目覚め哀しむ

紫式部むすぶ実よりも色淡き花ひそやかに雨に咲き散る

娘の魂もわが夫の魂も帰り来よこの星空を焚く火目指して

引揚の彼の逞しき手にあらぬ老い皺む父の手を引きて帰れよ

廻り灯籠めぐるミソハギは盆の花藍淡あはと翳り亦輝る

わが夫の居らぬ炊ぎはひそやかに葱刻み素麵の残りにて足る

平成十九年

この身まるめて

またの代のあらば再び夫と娘とわが暮したし下駄ひさぐとも

九十七年は瞬く間ぞと言ひし夫娘はその半ばにて命滅びぬ

破れたるもののふの影さながらにはちす向き向きに折れて重なる

文永十一年如月八日伊予を発ちし遊行僧一遍終に帰らず

看取るなき気ままなる日が吾にありて声掠れうたふゴンドラの唄

黄砂とばぬ終日の雨に昼を寝む小さくなりしこの身まるめて

## 高齢者叙勲

米寿まで生きて高齢者叙勲受く新聞見よと起されて知る

御名御璽勲章もそのまま棚に置く見すべき人も言ふ人もなく

はるか黄泉の夫娘らに告げて何せむに鉦一つ鳴らす皺むこの掌に

夢かうつつか看取る七年矢と過ぎきわれは驚くわれの米寿に

この代のひかり

三千五百年へだたる光身に浴びてミイラは何を語らむとする

シバの女王のまことミイラか絶世の美女とし聞けどおどろおどろし

時空超えて王家の谷より戻されし箱船にさがす美女の名残りを

今更にこの代の光をそそぐとも彼の谷の闇こそ終の住処ぞ

戻されてこの代の雨に覚むるとも一人の吾のひと日あるのみ

風に会ひ火に会ひあまたの死を送り悕へてたまゆらのわが代詠まむか

平成二十年

くわゐの煮つけ

夫も娘もくわゐの煮つけ喜びき芽を労りてうす皮を剝く

くわゐの皮剝く手に涙あふれ落つ炊きて詮なし夫も娘も亡く

誰がために作るおせちか鍋の蓋おさへて海老の静まりを待つ

ゆつくりゆつくり熱燗二本呑みし夫はるかなる如し彼の正月も

福島里支さん

君が葬送を吾にくる日と置き替へて如月さむき雨に別れ来

夫も亡く子もなき姉のうつしゑを抱く百枝さん摺り足にゆく

一切の苦より逃れて覚むるなき永久なる君か額のつめたく

春愁も若葉のうつもはや過ぎてホルト散らすか梅雨じめる風

石手川の川の流れのままに散る花限りなし散華の如く

庭の灯りに

三十八度の炎熱こもる夜の庭の水やり一時間この身いたぶる

灌水の松三本のしたたりにわが髪ぬれて命伸ぶるか

紫しきぶつつじ檀ら葉先上げてしづくしたたる庭の灯りに

老人車の位置を変へつつ腰かけて水やる一時間月のぼりくる

大野ゆたかさん

幼きより心臓病みて苦しみし此岸の歌ぞ木瓜の花は

死にたくないと泣きつつ声におらびしかいで湯に長き髪梳かしつつ

七月三十日はゆたかが此岸去りし日ぞ彼の岸の古稀の歌を届けよ

## 白曼珠沙華

待ち待ちし白曼珠沙華双手につつむかな天上の花ぞ夫も娘も見よ

天上に咲く白花かまんじゅしやげこの世の科もゆるし給はむ

共にかがみ冷たき花に手触れたる日もまことにて夫も娘もゐし

来る年も再び見たき白曼珠沙華花の終りの茎切りがたし

平成二十一年

覚むるもひとり

砂白く秋の光に乾く日をつはぶきは重おもとつぼみ垂れたり

守られて今日も暮るるかつつがなくゆく年の庭の手入れ終りて

夫のうつし絵娘のうつし絵に手を合はす一人永らふる吾を許せと

畳の目程伸ぶる日脚を侍まむか九十路の坂をとぼとぼと吾は

らふ梅の香りに覚むるも吾ひとり眠るもひとり小正月過ぐ

成りゆきに任せて生くるほかはなし老残の眼に朝の雪追ふ

たたみ葉の中にひつそりと春待つかパフェオは命の花をはぐくむ

すみれの花

花あしび柊南天咲きさかり如月の憂さ払ふ如しも

うすくれなゐの花房ゆるる花あしび常よりも早き明るみに寄る

総のくにょりわが伊予にきて盛るかな紫ふかしこのすみれ花

独りきてひとりかがまる肥後すみれ花つつましく地にひくく咲く

吉備の古墳夫と巡りし彼の日思ふ一人ホテルに昼を寝ねつつ

癒えて帰る

娘が在らばと亦も詮なき涙あふれ明日は手術の身を浄めをり

平家物語すらすらすらと夜夜口ずさみ滞るなかりし吾の海馬は

九十にして日の出に遇ひて合はす掌か病まねば知らぬこの荘厳を

夫娘らが護りくれしか天上の花がしべ反らす家に帰りく

## 平成二十二年

### 霜月の庭

しらじらと光澄みつつ和ぐ日なり黄のつはが占む霜月の庭

風もなく立冬の光透る日をつはの黄高しゆるるともなく

早咲きの山茶花遅咲きの山茶花自慢していざなひし娘よ十五年前

夫娘らの想ひ出のみに生くる身を助けくるるかあまた歌友ら

## ふぐ料理

ひと日違ひの生れ日なれば如月始めふぐ料理ときめてのれんくぐりし

夫はふぐ刺し吾はふぐ鍋好みたり最後のおじや惜しみ分けつつ

夫逝きて三たびの弥生はや過ぎてふぐを夢見ることもなかりし

二羽の鶵

共に住めよと言はれて独り住む吾を諦めて帰る還暦の息は

一日に歌友誰かが訪ひくるるわがさきはひに命つながむ

障子少し開けて見つむる二羽の鶸われに至福のときをくれたり

房たるるあしびの花の二羽の鶸亡き娘の霊か交ごもに啼く

冷たき雨暖かき雨くり返し苔多き吾が庭の春も過ぎむか

病む日日の心いやすかわが木草今心寄るはをだまきの花

貝母

約束の如ここ灯籠の下かげにうつぶく貝母われ独り知る

苔多き今年の貝母なよなよと寄り添ひて咲く一輪小さく

季くれば貝母ひそやかに咲きにけりひそやかに亦咲き終りたり

部屋に入りてこつこつ当るあきつ一羽刻かけて追ふ足曳く吾は

平成二十三年

武の国の嵐

長月も過ぎてなほ咲くハイビスカスわれ慰むか朱のふかみは

夫との七十五年に何程の事話ししや思ひ思ひて白みくる夜は

霜月に入りて尚咲くハイビスカス朱うき立たすかすむ吾が眼に

威儀正し逆縁の不孝詫ぶる娘に背を向けて武の国の嵐ききゐし

厳しかりしこの冬越えてある命生かされて生きむ榴花咲く

鉢のてつせん紫うすくなりながら移ろふ季か梅雨ふりしきる

## 蛍火

籠いつぱいの蛍火提げて帰りしか蛍見るなき石手川土手

松の木に蛍籠つるし霧吹きてともに見し弟よ征きて帰らず

たちまちに巡るひととせまんじゆしやげ白きを包むつめたかりけり

宵早く焚く迎へ火に夫娘らの魂帰る待つ仏間てらして

平成二十四年

雨降りしきる

花終へてその葉茂らす曼珠沙華生きよと言ふか老いて病む身に

剪定を終へたる夜半に降り出でし雨かそかにて眠りがたしも

つるべ落しの日は淋しきと幼われに母は言ひしか髪梳かしつつ

昨日も今日も雨降りしきる灘遠くゆく潮目あり青に紛れず

海の中処を只一筋にゆく潮目白じらと顕つ灘の限りを

ありありと音ある如く顕ちながら潮目ゆくなり燧の灘を

降りしきる梅雨のさ中をゆく潮目遠く見放けてくだる峠を

## 山吹の花

杖にすがりまなこ昏みて佇つ吾か伊予松山はしろがねの中

遥かなるものの如しも城山も障子の山も雪の彼方に

夫逝きて咲かぬいく年山吹が何故にかく咲く花撓ふまで

大正の幼に吾は戻りしか六センチの雪すくひ投げたり

静や静舞ひし静を思ふかな高くは咲かぬをだまきの花

狭き石手の川の流れに添ふ花と逆らふ花とありて輝く

梅雨空に向かひ咲きのぼるのうぜんの朱に紛れむうつの吾が日日

のうぜん花厭ひ植ゑざりし娘を思ふわが庭に溝に散りて汚し

## 若き面影

命あらば古希を迎へむ娘なれども吾には若き面影のまま

官舎の池に日がな一日水浴びし赤き水着の勝子顕ちくる

夢に来るは亡き人許りとなりにけり吾より若くたのしげに見ゆ

白曼珠沙華の蕾数へて十五花命在りて待つかかげ咲く日を

平成二十五年

黒猫親子

今朝見れば親子四匹が顔揃へ餌待ちてをり老婆覚めよと

石の上に乳垂らし永く寝る猫よ声かくるに覚めず仔の猫も来ず

親殺し子殺しの絶えぬ世に生きて孫子ら守る老猫に泣く

娘と二人泣きつつ埋めし三毛の骨も白く散らばるかこの石の下

生れ日も過ぐ

若く美しく肺病みて逝きし友多し自ら命絶ちし忘れず

酒の燗も程よくつかり夫呼ぶに涙つめたき耳に目覚めぬ

子や孫よりカトレヤ届き蘭届き印押すに忙し二月七日は

独りで生きる覚悟はありますと言ひきりて七年は唯夢と過ぎにき

季に非ずと谷のうぐひす啼かぬ日の短く暮れて生れ日も過ぐ

蕗の薹摘みしばかりが届きたり北国の土はつかこぼるる

白髪梳かし

塀越しに溢れ咲く野牡丹を褒むる声昼寝の続きの如く聞きゐる

城山も障子の山も見えずなりし持田嘆かん老いら世になし

約束を違へずをだまきの花咲きて丈伸ばし七つの蕾垂らしぬ

睦月如月弥生と花あしび咲きつぎて生きよと言ふか足萎えわれに

逝く夏と秋の訪れ交じる風に白髪梳かし淋しむ吾は

# あとがき

　昭和四十八年四月、私達夫婦は二十年間住み慣れた松山市二番町の自宅と会計事務所をビルに建て替えるため、同市の持田町に自宅を移した。ビル街の一角に在った二番町の家と違い、住宅地の持田は庭も間取りも比べものにならないほど広かった。主人はこの家で毎月歌会を開くように勧めてくれたのであるが、私は当時松山家庭裁判所調停委員、保護司、法務省人権擁護委員を務めており、忙しくて歌会を開く間がないのでなかなか踏み切れないでいた。そんな時主人は公務員は六十歳で皆定年となってただの人となるが、短歌は一生勉強できるじゃないかと言って、私の背中を強く押してくれたのである。

　自宅での歌会は大野ゆたかさん、住吉初恵さん、高橋佳江さん、松原妃呂子さんの五人で始めたが、一年経っても誰も入会せず、矢張り駄目かと諦めかけたところ、二年で倍になり、十年で四十人を越えた。この頃になると二間続きの二十畳でも座りきれなくなり、東雲公民館に会場を借りることになった。ここで更に十七人の申し込みがあった。東雲の他にも二ヶ所で毎月私を囲む歌会が開かれ、伊予市では大西カズヱさん、早瀬君子さん、篠崎君子さん、大西米子さんが、松前では澤井定子さんが歌会の運営に力を尽くしてくれた。こうして私は一人で三ヶ所の歌会、計八十人からの指導に廻ることとなった。今振り返るとよく体が続いたものだと思う。

さらに南海放送局から短歌指導を頼まれ、松山市からは竣工した二の丸公園での短歌会の指導の依頼もあった。その頃は青垣の会員も増加が続き、三好軍団と言われたこともあった。

それから大凡四十年、自宅で歌会を始めた当初の人は皆彼岸の人となり、伊予、松前、東雲も当初の人はごく少数となった。そして今では歌会を始めた当初以来の生き残りは、私と泰山礼子さん、田中八重子さんのみとなってしまった。現在は松前は守屋敏子さんが、伊予は大西米子さんが中心となって歌会を運営してくれている。

後進の指導に力を注ぐ傍ら、私は六十歳で『石手川』を、八十歳で『続石手川』を上梓した。その後九十歳で主人を送り、九十六歳になってなお生かされている。松山近辺の青垣会員も七十数人となり、若い人の入会も殆ど無く、六十歳そこそこの人が入会すると若い人が入ったねと喜ばれる時代になってしまった。それでも県内では青垣の会員が一番多く、吾々が詠草を出さなければ県や市の短歌大会は存続できないと聞いている。そうはいっても短歌の先行きに希望が持てない時代であることは変わらず、九十六歳の私は毎日ため息ばかりついている。

ただ、こうしているうちに『続石手川』以後の作がいつしか九百首を越えたので、三百首を選んで一冊にまとめ、あの世の主人に礼を言いたいと思うようになった。

この第三歌集を上梓するに当たり、図々しくも「青垣」編集発行人の加茂信昭氏に九百首より三百首を選んで戴いた。その上序文までしたためて戴き、心より感謝申し上げる。また現代短歌社の道具武志氏、今泉洋子氏には出版に当たり、細かいところまで様々にご配慮を戴き、誠に有り難く思う次第である。

九十六歳になるまで歌一筋の人生を歩んでこられたのは、偏に主人の深い理解と青垣の会員の助けのお陰である。一生歌を詠み続けよと言って私を励まし九十七歳で亡くなった主人も、この度の歌集上梓をきっと彼岸で喜んでくれるものと思う。感謝感謝の毎日である。

平成二十六年四月

三好けい子

## 著者略歴

大正８年２月７日　愛媛県松山市に生まれる
昭和10年　愛媛県立松山城北高等女学校卒業
昭和15年　アララギ入会（茂吉選）
昭和17年　青垣入会
昭和49年　読売新聞短歌選者（愛媛版）
昭和55年　青垣選者　第一歌集『石手川』上梓
昭和58年　松山子規記念博物館短歌講師
平成６年　愛媛歌人クラブ松山歌人会会長
平成11年　第二歌集『続石手川』上梓

昭和60年　藍綬褒章を受く（地家裁調停委員）


歌集　をだまきの花　青垣叢書第239篇

平成26年７月20日　発行

著　者　三好けい子
〒790-0855 松山市持田町4-2-34
発行人　道具武志
印　刷　㈱キャップス
発行所　**現代短歌社**

〒113-0033 東京都文京区本郷1-35-26
振替口座　00160-5-290969
電　話　03（5804）7100

定価2500円（本体2315円＋税）
ISBN978-4-86534-034-1 C0092 ¥2315E